烏龍院 精彩大長篇

5

漫畫 敖幼祥

人物介紹

烏龍大師兄

體力武功過人的大師兄,最喜歡美女,
平常愚魯但緊急時刻特別靈光。

大頭胖師父

菩薩臉孔的大頭胖師父,
笑口常開,足智多謀。

烏龍小師弟

鬼靈精怪的小師
弟,遇事都能冷
靜對應,很受女
孩子喜愛。

長眉大師父

大師父面惡心善,不但武功蓋世
內力深厚,而且還直覺奇準喔。

活　寶

長生不老藥的藥引——千年人參所修煉而成的人參精，正身被秦始皇的五名侍衛分為五部份，四散各處，人參精的靈魂被烏龍院小師弟救出，附身在苦菊堂艾飛身上。

艾　飛

苦菊堂艾寡婦之女，個性調皮搗蛋，後來被活寶附身，和烏龍院師徒一起被捲入奪寶大戰，必須以五把金鑰匙前往五個地點找出活寶正身。

五把金鑰匙

金鑰匙，　　木鑰匙，　　水鑰匙，　　火鑰匙，　　土鑰匙，
位於鐵桶波。　位於五老林。　位於青春池。　位於地獄谷。　位於極樂島。

艾寡婦

斷雲山苦菊堂的老闆，丈夫進入斷雲山尋找活寶一去不回，女兒艾飛被活寶附身，但她因為受到活寶的滋養，整個人神奇回春。

林公公

掌管刑部的太監，有「末日閻羅」之稱，在葫蘆幫與煉丹師的神祕改造之下，被植入「戰鬥肌甲」，成為更加興風作浪的變種人……

四小姐

數年前來到神木村的神祕女子，住在五老林內，木雕技術高超，身邊總是跟著一隻白虎。

白　虎

四小姐的忠實守衛，雖然勇猛護主，仍不敵長眉師父的幻影迷蹤拳。

小樹精

四小姐身邊的小精靈，平日看起來與一般孩童沒有兩樣，在葫蘆幫闖入五老林時，聯合發揮法力整翻這群惡人。

鐵葫蘆──胡阿露

葫蘆幫的大姊頭，老謀深算，拿手絕招是「大力吸引功」。

糖葫蘆
甜葫蘆
蜜葫蘆

胡阿露的部下，看起來是三個天真的小女孩，其實身懷邪門武功。

馬　臉

胡阿露的部下，臉長無比，最愛烏龍大師兄的光頭。

荷包蛋

神木村第一雕刻師父林天一之妻，林天一入五老林尋找木材失蹤後便一直守寡。

春　卷

神木村村民，荷包蛋的朋友，其夫亦為木雕師，堅持入山尋找失蹤的弟兄。

目錄

第 33 話

無法遏止的妖毒蔓延

岌岌可危，長眉孤身對抗惡人群

鳥蛋？
這裡有嗎？

你不覺得
奇怪嗎？

整個五老林
沒看到半隻
鳥……

霧愈來愈濃了。

咦?

怎麼又走回這片焦林?

難道是迷路了?

你可以先放我下來嗎?

嗚……

我好難受……

怎麼辦？

怎麼辦？

喲！長眉老頭。

唉聲嘆氣的像隻喪門犬。

胡阿露。

怎麼就你一個人呢？

你的那個傻徒弟呢？

沒來。

就我一個。

瞧瞧！

原來你是想獨吞哪！

聽不懂你在說什麼？

少裝蒜了！長眉。

你到五老林不就是為了一樣東西？

活寶。

什麼活寶？

我奉勸你各走各的路。

以後少讓我看到你！

說得真酷。

親愛的長眉。

只可惜你以後想見到我也沒機會了！

走好唄！

在你臨死之前……

有一位老朋友想見見你。

老朋友。

對呀！

很新的老朋友噢！

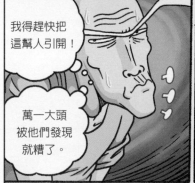

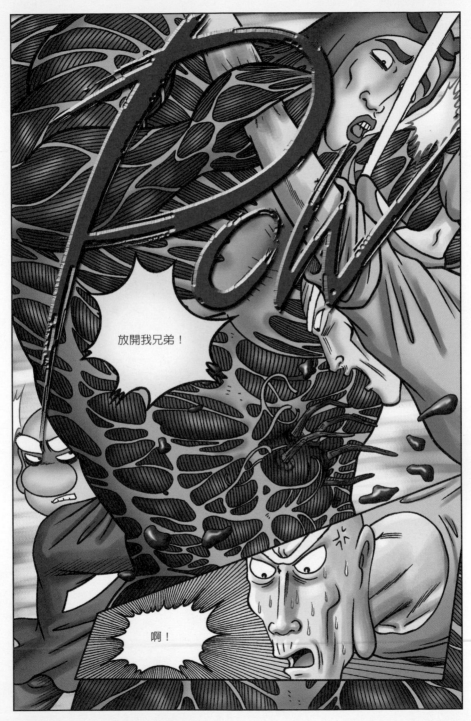

第 34 話

陷困在死局裡

忍痛咬牙刺向糾纏不清的宿敵

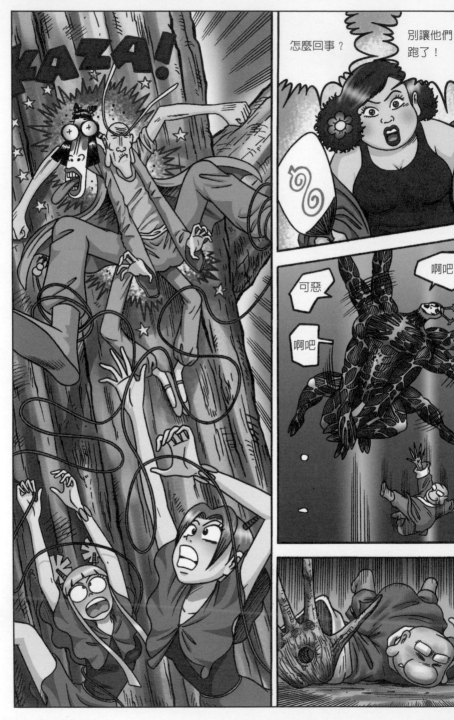

媽
媽
完全失去控制了！

啊吧
喂！你在樹上裝狗熊嗎？

啊吧
啊吧
還是當猴猻？

現在又成了癩蛤蟆……
嘓

大姐！
他們兩個溜走了！

大姐，救救我……

大頭。

要不然我這雙手可真的會被廢了。

沒想到還得靠你來救我。

哦。

你……你是烏龜命。

福大運長，死不了的。

咦？

不會是我眼花吧！

你的大腦袋……

長出頭髮來了！

啊！

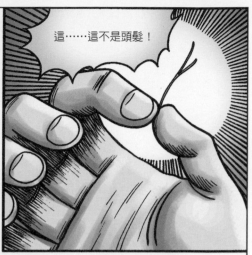

這……這不是頭髮！

那是樹芽！
妖毒已經蔓延
到頭部了！

為什麼？

你

這個時候還笑得出來？

阿阿

變成一棵樹也不錯呀！

不用煩惱每天要吃什麼穿什麼……

也不用每天說一堆廢話……

大頭！
你不能死呀！

還沒死哪！
只是餓到虛脫了……

OH

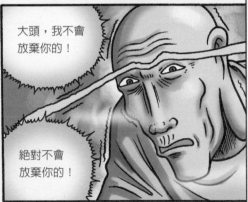

大頭，我不會放棄你的！

絕對不會放棄你的！

誰說的？

長眉，
你哭了。

那是……
霧裡的水氣……

四小姐，咱們
打探清楚了！

這兩幫人馬
都急著在找
同一件東西
……

「活寶」！

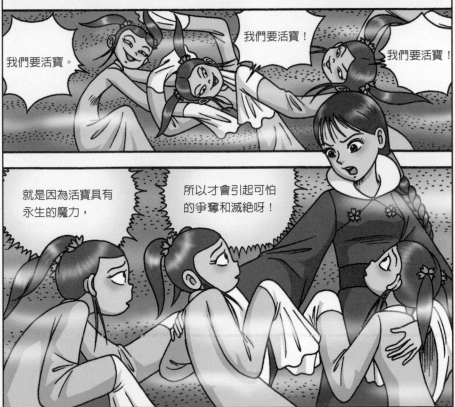

雖然我沒見過活寶。但是我見過太多貪婪的人類。

那一幫怪女人看起來就挺壞的。

她們就快經過這裡了。

四小姐去給她們一個下馬威吧！

嘻嘻

嘻嘻嘻

嘻嘻嘻

嘻嘻

嘻嘻嘻

累斃了！要走到什麼時候？

嘖！

最好先找間客棧吃個飽！

即使有客棧也是鬼店……

這種鳥不生蛋的地方。

姑娘們！

你們要住宿嗎？

WA!

WA!

我腹部的筋被捅斷了!

你們……快幫我看看!

咯

咯

咯

咯

誰要幫你看肚子!真是不害臊!

哼!

你去給他瞧瞧。

大姐偏心!為啥不叫她們去?

不公平。

上次你給驢子接生過,就像那樣處理吧!

把我當母驢?

開什麼玩笑?

我是無敵的肌甲人!

幹嘛這麼興奮哪！

HOHOHO HOHOHO

喂！

真的看到小驢子啦！

沒見過男人肚子嗎？

他的肚子……

有東西在動。

傷口竟然爬出樹枝！！

天哪！好噁心！

怎麼搞的？

只是被抓了一下就變成這樣？

第 35 話

窒息驚魂的一刻

懲罰貪欲，密林迷霧中葫蘆女嚇破膽

好驚人的速度!

他恢復正常了!

這是怎麼搞的!

咦?

剛才那群小鬼不見了!

沒追來嗎?

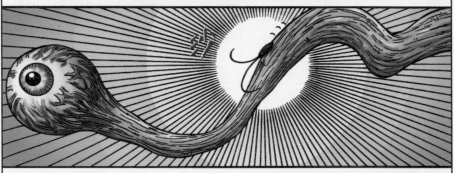

這副排骨還真重！

剛才，女妖提到「五老林的主根」。

難道就是指藏著活寶的祕地？

長眉……

你的內力都被樹毒吸收當我肥料啦！

夠嗆！！

毒沒逼出來，反而把枯枝催出了綠葉！

這到底是中了什麼樹的毒呢？

唔……

女妖的頭髮是紅色的。

追根究柢，八成是棵果樹！

可能是紅色的荔枝樹。

不太像……

嗯！

應該是……

紅色的蓮霧樹！

櫻桃樹

蕃茄樹

還有什麼果子是紅色的呢？

都是你啦！
用力太強把花
都催開啦！

鼻子上頂著
一叢花，好
娘娘腔呀！

這片焦林裡，
只有一個地方
有櫻花樹！

四小姐的家！

難道她……　　她……

和那個施毒的
女妖有關？

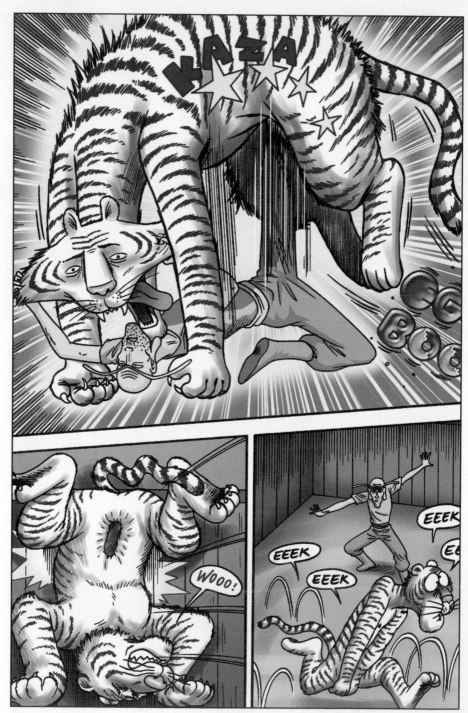

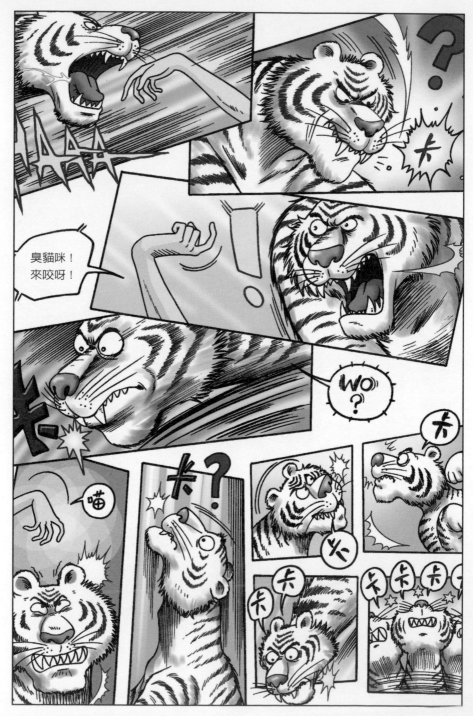

第 36 話

真相在隱密中乍現

櫻花在盛開時凋落，還有最後一絲希望

放開牠！

三番五次闖到我家裡，想幹什麼？

四小姐總算是出來了！

再慢一步，我就扯斷牠的喉管！

猖狂！

滾回去！

好！

這樣的答案
倒也簡單！

別動手！

哇！

女妖在那裡？

咳！

這樣做是沒有用的，長眉。

即使找到女妖，也不會有解藥！

沒有解藥？
你憑什麼說
這種話？

燈塔漏水了！

怎麼辦呢？

堵住。

嗯

噴！

嗯

調整閘門，排出！

嗯

糟了！

大光頭燈塔，什麼事糟了呀！

嗯！

剛才「嗯」的太大力，現在想要「嗯嗯」！

噗

遠遠一點

這裡
行不行？

再遠一點！

X

這裡的夠
遠了吧！

聞不到
了吧！

真囉嗦的
小孩！

嗯

上大號
也要管！

POW

POW

嗯

呼!!
還真
不
是
普
通
的臭

喂~孽徒!你在做什麼？

什麼聲音？

咦?你的聲音好熟悉……

還有那件衣服……

好眼熟……

是胖師父的。

沒錯。

那是胖師父的衣服!

妖怪吃了胖師父!

JUMP

哎呀呀!

師父呀!您這種死法太不瀟灑豪邁了!

有點兒小氣!

我要鋸了你給師父報仇

鋸子!

首先要找把鋸子。

唔!

唔!

荒林裡頭何處去找鋸子呢?

傻徒弟就是傻。

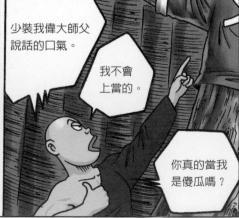

少裝我偉大師父說話的口氣。

我不會上當的。

你真的當我是傻瓜嗎?

HAHAHA
HAHAHA
HAHA
HOHO

沒有鋸子，我就不會去找斧頭嗎？

不對！也不會有斧頭的喔！

甚至連菜刀也沒有！

難！

怎辦呢？

升個小火吧！

起碼還能取取暖！

留個全屍給我吧！

笨蛋！我真的是你師父呀！

我……我可以證明！

你的右屁股有三粒黑痣！

那是你剛才偷看的！

去年生日我送你一個小豬撲滿。

那種爛禮物滿街都是！

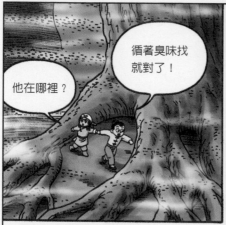

胖師父

你拉泡屎就把師父熏成樹啦?!

......

胡說!我的功力只能熏蚊子!

咳咳 咳 咳

煩死啦!你們倆,還是別出現的好!

胖師父......

我中了櫻樹妖毒,恐怕剩下時間不多了。

長眉單身入林找解藥,到現在還沒回來!

這裡就是五老林的主根區。

深入地下三十公尺

你為何對此地瞭若指掌？

因為這兒是我的家。

哦……

五老林是一千五百年前秦朝木將軍李森在這裡闢建的。

！

五老林竟然是人工造的？

當年他佈下此陣，
是為了保護一件
天下聖物。

木將軍真是
厲害！

設計這樣的陣法是
要保護什麼呢？

活寶

這也是你們
來五老林的
目的吧！

你……

第 37 話

木將軍之陣法

深入地底三十公尺的古老盤根

櫻花，櫻花，朵朵開！

注意！又落下了一朵！

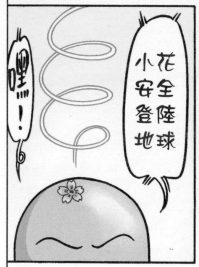

哩！

花全陸球小安登地

啥！

胖師父那麼痛苦，你還有心情玩？

調劑氣氛嘛！

櫻花應該是在樹葉落盡的時候才會開花的呀！

嗯哼！

早熟嘛！

就像本人一樣！

十八歲看起來像二十八！

怎麼辦？怎麼辦？

怎麼辦？

怎麼辦？

怎麼辦？

怎麼辦？

怎麼辦

怎麼辦

怎麼辦

大師父去找解藥，到底找到沒有啊？

會不會　被熊吃了？

會不會　被鬼抓了！

會不會　溜回家了？

是誰說我溜了？

大師父！！

不可能沒有解藥，你是萬能無敵宇宙強悍的烏龍院大師兄呀！

我已經盡力了呀！孩子們！

唔！

噢！

抱歉了！兄弟！恕我無能為力！

解藥沒找到，卻找到一個祕密，原來四小姐就是傷你的紅髮女妖。

而且，這個五老林……

無所謂了，長眉。

你對我這麼好，已經很感激啦！

那現在怎麼辦呢？

坐下來，靜靜地陪我渡過人生最後一程吧！

你走了，誰來教誨我呢？

晚上誰來巡房，幫我蓋被子呢？

嗚呼

胖師父不要死啦！

怎麼能丟下我而去！

以後誰來教我數學呢？

對噢！

以後不用再上數學了。

嘻……

PATA!

WO

閃開！

SWA!

人家表達傷感也不行嗎？

你們先回去烏龍院吧！

？

大師父呢？

您不回去院裡了嗎？

我在這裡陪著他，直到油盡燈枯。

大師父要殉情！

呸！這種悲慘時候會有喜事嗎？

都是你！

害我又被他打！

嘿！

大師父別生氣。

我……

幫你按摩！

上一次右眉是在什麼狀況下抖的？

上一次是在三年前參加金剛拳王爭霸賽，我連劈十個肉餅的時候……

抖抖
抖抖
抖

但是從來沒有像現在這樣狂抖……

大頭就要死了，還會有什麼喜訊呢？

我可以感覺到妳小手傳來的溫暖！

嗯！就像好久沒曬到的陽光一樣啊！

對呀！「艾飛」！

艾飛可以救胖師父！

對呀！對呀！她可以救胖師父！

胡鬧

黃毛丫頭能救誰呀？

你就說吧！最糟糕的事已經發生，還有什麼不能說的？

你看！還是師父英明！

...

摸著心肝對天發誓，我說的都是真話！

你說的話，師父才不會相信！

艾飛　她　就是

活寶

活該！我說的沒錯吧！

胡說八道！開什麼玩笑？

可是...

別說了！

艾飛　她　真的是

活寶。

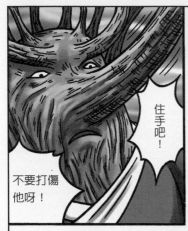

住手吧！

不要打傷他呀！

大師父不要再說了！

還是你師弟懂事，知道什麼叫「適可而止」！

哼！

Y.Y

大師父您別生氣！

我必須告訴你一個祕密！

艾飛就是「活寶」！

第 38 話

豁然開朗的活路

長眉背著艾飛奔赴濃霧中的五老林

我明白了！

哦

哦

哦

明白
了嗎？

你們都是
孝順的孩
子！

看到我們
吃苦受累，
不忍心。

編出個「角色
扮演」來安慰
老人家。

唉！都怪我當時
貪財，害了自己
人，悔不當初。

活寶是千世聖
物，怎麼可能
得到呢？

大師父為什麼不相信我說的話？

不相信他，最起碼也該相信我呀！

哼！

回去吧！你們的好意我心領了。

糟老頭子！你連我的話也不相信嗎？

犯忌呀！

大師父長眉是不能碰的！

六十四名武林高手就是因此而折手斷臂的呀！

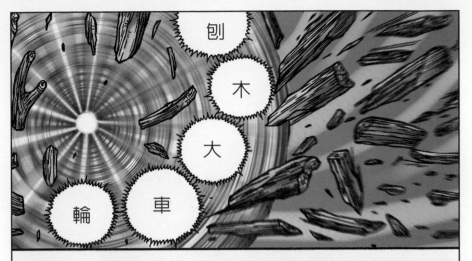

大師父快被砸成
老肉餅了！

去你的活寶！

活寶！
太過份了！

要砸嗎？連我
也一起砸吧！

大師父！

我承認你不是艾飛！

滿意了嗎？

叭又叭！

COW

徒弟

你怎麼不說一聲就跑啦！

老油條！

我知道「活寶」埋藏的地方！

那個地方非常隱密。

沒有人帶路是找不到的！

耶！大師父知道活寶藏在哪裡！

大師父快帶我們去！

既然知道就帶路吧！

不行！

你先救我兄弟。

糟！現在是活寶佔了有利的談判優勢！

安啦！大師父每次買菜殺價沒有不成功的。

Hen Hen Hen

小菜一碟！

你在威脅我嗎？

好吧！

那就算了。

走人

哈呀？

您這是低能的爛答案呀！

不能輕言放棄立場！

倔強

沒良心呀！

你怎能如此忘恩負義！

活寶！

要不是我勇敢地闖入地宮，你也不可能有機會重現人世呀！

那你再勇敢地把我送回地宮吧！

這個有點難度……

不是我見死不救，而是目前我無能為力。

怎麼可能？

你擁有那麼大的力量！

這不是我的問題，而是艾飛體質薄弱，我無法用她的原身借力。

櫻毒太強，而且他脂肪厚，要用十倍的原力才能奏效。

啊

我要減肥！

「胖不是福」，後悔也太晚了。

這還不簡單！我很壯！我給你附身吧！

活寶屬陰，一旦用了你的身體，以後就再也不是男子漢囉！

懂嗎？

嗚…

敬老尊賢，請大師父先吧！

你如何能夠證明？

剛才說的是不是謊話？

對喔！

一千五百年說謊的功力，難道大師父輸給她。

多費口舌。

WO

好！我帶你去！

大頭！你挺著！

這次一定要成功，否則那就……

那就是命了，快去吧！別猶豫！

傻徒弟就留下來陪你吧!

為什麼?

留下來幹啥呀?超無聊的⋯⋯

嗯?

我不是那個意思⋯⋯我的意思是⋯⋯

你留下

是!我留下,我留下就是囉!

再見!我陪師父去啦!

你也留下!

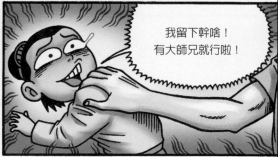

我留下幹啥!有大師兄就行啦!

你負責看著他,別出差錯!

暈倒!

你無聊一定得挖鼻孔嗎？

好無聊喔！

要不然我幫你無聊一下？

咕嘩叭叽

可怕的吼聲…

怪物出現啦！

我們死定啦！

這是我肚子餓的聲音。

阿阿阿！說說菜名也過癮唄！

其實現在即使是一個荷包蛋，我也心滿意足啦！

荷包蛋！

HAHA HA

怎麼不早說呢？

甭說是一個蛋，就是十個百個，我也搞定。

弟子阿亮這就去弄回荷包蛋。

嗯！

真孝順的徒弟。

真會混的師兄。

我是隻小小鳥，

飛就飛，跳就跳，

自在逍遙。

嗯啊！悶死了！出來活動筋骨真舒服。

唔！濃濃的霧……

萬一找不到路回來怎麼辦？

有了！

沿途刻上記號，就不會迷路啦！

我是最聰明的阿亮！

哈哈！

嘻嘻！

耶！

最近那隻豬常來雞窩。

一定是來偷蛋的！

笨雞！我不是豬啦！

看清楚囉！

可不能隨便誣賴我喔！

好香！

非常熟悉的味道

荷包蛋！

調虎離山計

嘘！

誰啊？

咦？沒人？

KOKOKO

奇怪？是誰在敲門？

小孩子惡作劇嗎？

PON

哇！蛋不見啦！

一定又是那隻豬幹的好事！

抓起來烤了！

第 39 話

注定無緣的荷包蛋

葫蘆幫計誘大師兄全盤托出

大姐！五老林的主根在哪裡呀？

好像一直在兜圈子

恐怕是迷路啦！

嘿！真好玩！

有人在這刻了圖案。

哦！

這裡也有哪！

這裡也有。

看起來是引導的標示。

而且應該是新刻上去的。

跟著圖案走，應該有路！

每次在買東西，他都在街上混半天才回家。

阿亮怎麼還不回來？

慢慢等吧！他是個摸魚大王！

咦？有腳步聲！

大師兄回來啦！

呦呵！小弟弟，你叫誰「大師兄」呀！

啊！你們是觀光客吧！

不對勁！那是好幾個人的腳步聲！

胖師父，不是大師兄回來了！

胖師父？

是幾個奇怪的大嬸！

把美女叫得這麼老！

糟了！那是葫蘆幫！

你快撤呀！

嘿嘿嘿嘿嘿嘿嘿嘿

一股寒氣

直逼脊樑

平地拔蔥

烏龍院逃生技法．

嗖 嗖 嗖

吸呀！

好猛喔！

別亂叫！
誰是你
親愛的？

小別勝新婚
嘛！

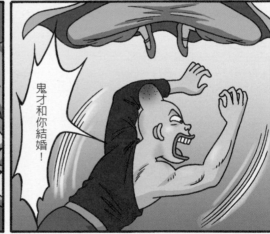

鬼才和你
結婚！

人呢？

妹妹在這
兒哪！

有那麼想
我嗎？

小光頭怎麼沒見著你大師父呢？

嗚～

嗚～

你休想威脅我！

我絕對不會透露一個字的！

唔！突然鼻血狂噴？

你的臉變紅了！

胸口脹熱…

師父…我難受…

好暈…

剛才用我熱唇送入了「掏心液」，這是林公公刑求犯人逼供的獨門藥！

大…大…大師父…

去…去了…五老林

要…找「活寶」

臭…臭老頭…

他…他…

好極了！那咱們就在這裡守株待兔！

「掏心液」果然是厲害呀！

胡阿露大姐是個自私小氣、愛嫉妒沒風度的肥婆，白天裝減肥，晚上偷吃巧克力…

剛才她自己也吸了一些「掏心液」！

閉嘴！不能揭密呀！

He He He He

還有…

還有…

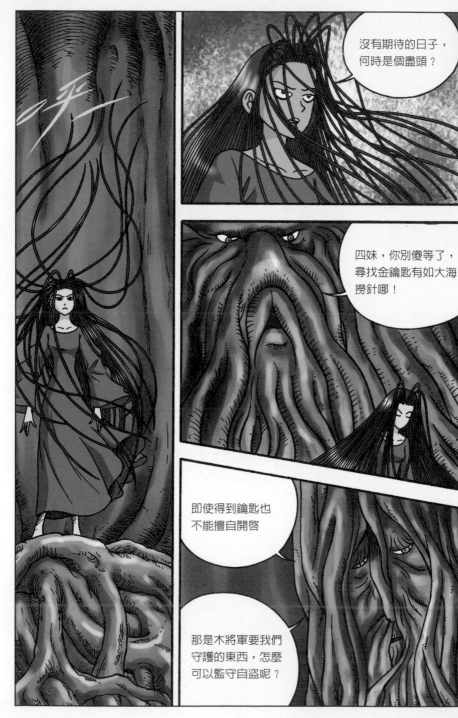

嚄

有人！好快
的身手…

！

烏龍院的
長眉！

你…你怎麼帶回一
個小孩子？

這就是你要的東西！

哎呀！溫柔一點！

唬！

啞！

走開點！臭貓

活寶的元神就附身在女孩身上，我點了穴，暫時控制住她。

開什麼玩笑！

一個小丫頭？

別舔我！

我感受不到你生命的氣息！啊！只是一棵千年櫻樹的幽魂。

但是我感受的到這裡有榕、松、樟、楓四大巨木靈的存在，這就是五老木的主根吧！

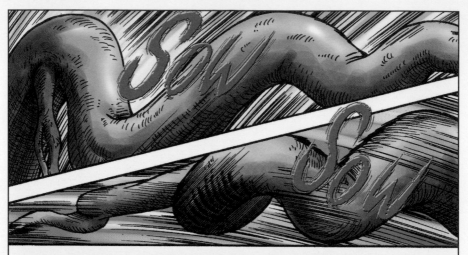

我是被秦朝武刑大將
鎮鎖在斷雲山的活寶
本尊！！

金鑰匙！

開啓主根防
護網，讓她
下去！

如果是
冒牌貨，
就把她
埋了！

金鑰匙
是我們
五老林的！

呃！

當心她的嫩脖子
會被扯斷的！

第 40 話

啊!那是一具空棺!

木鑰匙開啓聖地後的驚人景象

艾飛斷氣
就沒戲唱啦!

櫻。

嗯～

長眉老頭！摟著我幹什麼？

哇！我的頭髮被你剪成這款？

變態！一直抓著我的胸部！

好心沒好報！

還我的長髮～

這具石棺應該就
是埋藏的地方

沒錯!
就是這裡

金鑰匙強
烈感應到
了!

長眉年高德
韶,這個光榮
的時刻就交給
您開啟吧!

年高德韶
光榮的時刻

COW

真好心，多謝你的美意。

寶藏之地凶險詭異，是不是怕有陷阱？讓我第一個中獎！

對不對？

對啊！萬箭貫身，萬毒蝕骨，你想得到就先付出膽量吧！

我來吧！

即使再糟糕！我也不怕！

好！你去！

DEN

啊！

我只是說說。

太現實啦！躲這麼遠！

無所謂了！只要可以救五老林，一切都可以犧牲！

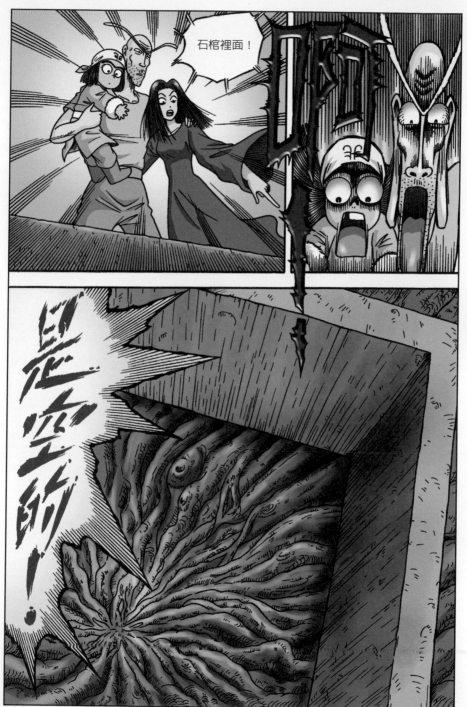

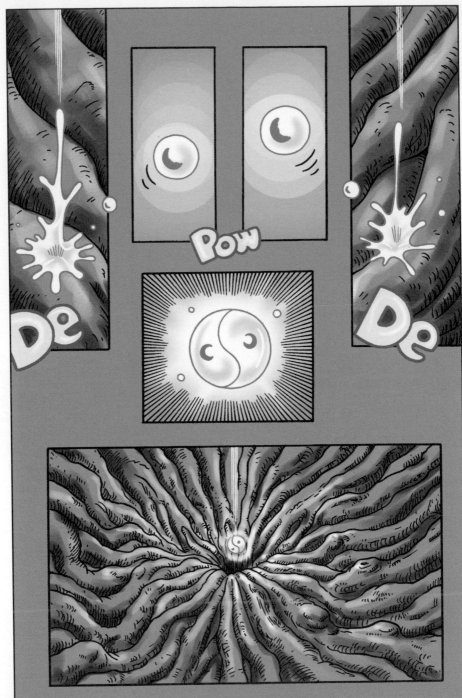

歸來吧。

合體！

啊！
這道光

充滿著強
烈的原生
力量！

噢

趕快回去！

一定要爭取時間

可是你呢？

能夠再美一次嗎？

別假了！她已經成了樹妖，不可能再復生的。

我已經滿足了。就默默守在這片林子裡吧。

你要多多珍惜生命啊！

長眉

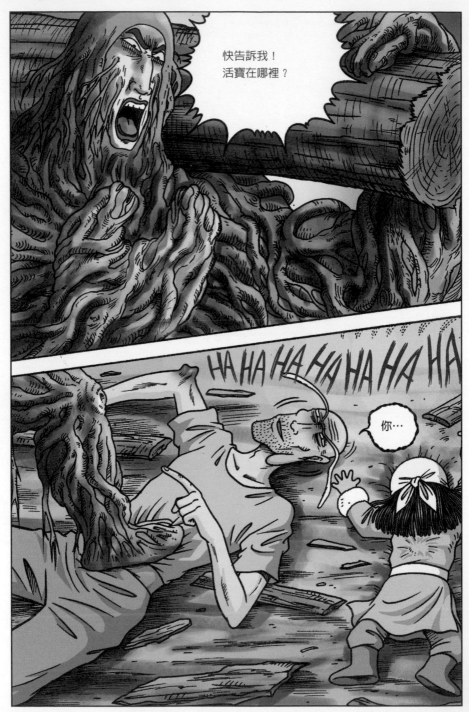

下集預告

神祕的四小姐，真實面目終於曝光，木將軍的血肉之軀與五老林
主根合為一體，再被真誠的陰陽淚開啓封印，千年古木終於復
甦，令人欣喜！但是變成一棵樹的胖師父，生命持續倒數計時，
在烏龍院師徒的攜手努力之下，胖師父究竟有沒有活命的機會？
「活寶」如果落入邪惡的林公公手中，又將發生什麼危險？欲知
詳情，一定要看下一集的烏龍院精采大長篇《活寶6》！

精彩草稿

編號❶ 看似無意實則有意的轉場

這是一個轉場的分鏡畫面。用了大小不同的多格方式來處理，上面那個場景逐漸模糊淡去，然後又出現了一個新的場景，讓讀者的視覺有些層次上的感覺。在製作劇情漫畫時，往往會因為轉場時應該用什麼角度來告訴讀者而傷透腦筋，是個大場景，還是一個小切角呢？是直接表現，還是搞些噱頭咧？可別小看了這些看似「沒有內容」的畫面，卯起來，這樣的構圖往往耗上很長的思考時間。

編號❷ 最愛畫動物

這張封底設計稿做得很好。不但重心四平八穩，而且漫畫的趣味感十足，把應該出現的角色全部鋪排上陣，多而不亂。在其中又添加了許多動物的角色來襯托，你算過了嗎？有一隻龜，一隻蟲，一隻虎，四隻鳥，六隻兔子！這是我最拿手，也是最喜歡的創作風格。我超喜歡畫動物，不是說說而已，曾經花了三年時間親手畫了七本世界動物，不但達到「寓教於樂」的教育效果，而且還為自己得了好幾個獎盃。如果有機會，好希望能用動物來做主題，演出一場熱鬧無比的動漫秀！

你 肯定有過在沙灘上堆沙的經驗。

HA HA HA

甚至是把自己當做一個「沙雕」!

但是往往很容易就鬆垮塌陷了……

斷了!

所以人要砌成更大的沙雕作品，可得用些專業的技術來進行。

PRO

首先要「知己知彼」，摸清楚沙子的特性。

細 散

(因)此沙雕作品在設計的時候就要避免「幅度」過大！

「過細」或「過薄」都會容易斷裂。

在堆沙的主體基座時應該採取「錐狀」向上發展。

寶 穩

但是在執行製作時，則要由上而下，逐步雕琢，這樣可以控制重心。

完成的作品最好能噴上一層保護膠，乾了之後可以形成保護殼防止風化。

噹!!

做沙雕大都是在夏天進行的，而此時又是風颱最多的季節。

沒風·沒雨的日子，海邊那顆火辣的太陽可以烤熟蛋!

沙雕 是一種融入大自然的創作。保存一段時間之後都會推掉磨碎，再回歸到原狀。沙灘上不會留下一點痕跡。所以又被稱之為——「綠色的雕刻」。

截稿日 ㄅ子

到海灘上堆砌你的夢想吧!

敖幼祥生活筆記之　暖　沙

舟山奮鬥隊，面對大海，進入了冬季。

十一月了，東北季風吹得一個「寒」字亂顫，連著幾天淒風苦雨，瑟縮在海邊小屋工作著，好幾天沒邁出大門一步，只能隔著落地窗在室內胡亂的伸伸懶骨頭。這般情景和前兩個月前相較，簡直就是兩極世界。回想在九月的時候，一條短褲走遍天下，穿髒了在水裏涮兩下放在烈日頭底曬曬就搞定了，可不像現在這般又是毛衣又是夾克，寒夜裏還得蓋兩條被子才夠暖和。要不是靠著天天畫畫燃燒意志，這樣的苦修生活還真難熬呀！

從廣州帶來唯一的手提電腦，不知是不是凍著了，一邊的喇叭竟然啞了，剩下的另一邊似乎因為失去了夥伴，在放音的時候，悶悶的像是隔了一層傷感……

今天起了個特早，五點半！

撒完尿瑟縮著想搞杯熱水喝，瞥見窗外一輪彎月明晃晃地掛在海平面上方，像是個微笑的嘴。在正上方那顆「跟屁蟲」星，死心塌地地追隨著彎月，月色映在海面，鱗光閃閃，水杯裏冒出的熱氣呼在玻璃窗上，起了一層薄霧，眼下這般情景，宛如一幅寧靜的夢境。

就這麼傻坐在畫桌前等待著由時間來演出一場變裝秀。

七點不到，亮晃晃的朝陽從海平面雲彩中射出光芒。真棒！今天是個好天氣！迫不及待的走出室外，讓紫外線消毒一下臉上的毒塵。

趁著今天風小日好，奔向「闊別已久」的海灘，想不到，冬日暖陽下的海灘另有風情，退了潮

▲漫步在美麗的海灘上，別有一番滋味。

▲與沙雕節作品合影。

水的海岸，平坦得像一卷攤開的油畫麻布。朱家尖的南沙海灘柔得宛如一朵海上藍玫瑰，沙質綿綿的如同沖咖啡的細糖，捏在手中特有質感。由於這種海沙最適合做沙雕，所以每年七月到十月，這裏都會熱火朝天的舉行國際沙雕節。今年已經是第七屆了！在旅遊旺季的時候，路上車水馬龍，門口遊客如織，沙灘上萬頭鑽動，海水裏喧鬧嬉笑，現在全都靜下來了，靜得只有海浪緩緩的拍岸聲。此時漫步在沙雕節完成的作品列陣裏，放開心情欣賞，真是一種疼著自己的享受。

敖幼祥　舟山

敖幼祥生活筆記之　無 煙 鐵 馬

五月天，廣州已經熱得換上了短袖衫，再次來到舟山卻被涼涼海風吹得套上了毛衣。

這次參與了舟山第八屆沙雕節的設計工作，把漫畫造型由平面上的概念，轉換成立體表現。而且是用沙子來塑造，這是一次充滿著新奇的創作任務。

住在海邊的小公寓，在物質條件上是很簡單的，島上的太陽起得特別早，四點半就天亮了，在小鳥嘰嘰喳喳的啼聲音效裡展開了一天的生活，早上七點半吃早餐，然後開始工作，中午十二點午餐，小睡片刻午覺工作到六點，吃過晚飯後再做個兩小時，刷刷牙洗洗澡，大概十一點就上床了。

就這樣一天過一天，我想如果不是到這兒來畫畫，恐怕單調的日子是很難熬的。

▲騎上無煙鐵馬，勇猛向前行！

為了行動上能到達更遠的地方，雖然已經備有腳踏車，但是遇到這兒的風勁很大，頂著風騎車挺費力氣，所以決定到小鎮上採購一台「電動摩托車」，其實也就是「電動車」，外型有模有樣的像摩托車，但電動車在馬力上遠遠不及那些吃汽油的傢伙，電動摩托車最快的時速只能到五十多公里，如果是雙載，那大概只剩下四十公里，而且由於耗電很凶，出門之前還得先把里程估算一下，免得「有去無回」！

有一天，耍帥騎去了島上的機場，結果在回程沒了電，只得向路邊商家「借充

電」，可是充電又得等候兩小時，後來還是叫了計程車回家，不但沒省錢，反而倒貼，不過這種電動摩托還真的是很環保，沒有汽油污染、沒有排煙污染、沒有噪音污染，騎起來只有輪胎滾動的聲音，如果能夠在電瓶的持續力上加以改進，我想電動摩托車在這個寧靜又美麗的海島上是最理想的交通工具。

敖幼祥　廣州

敖幼祥生活筆記之 **快 樂 大 鍋 飯**

民以食為天——從廣州大老遠的奔到朱家尖的海邊小鎮，最積極的目的就是想異地生活刺激創作，但是「吃」可得放在第一位。

舟山奮鬥隊的第一頓飯在一路舟車勞頓之後，將近下午三點開始。飛機上那少得可憐的餐點，早在幾小時前就被消化殆盡。我們饑腸轆轆、毫無風度的撲上了擺滿農家菜的餐桌，狼吞虎嚥，盡情大嚼，將飯菜席捲一空——這情景給燒飯的阿姨，留下了十分恐怖的第一印象。

第一次造訪村子裏的菜市場，是在抵達的第三天。這是我所見過最「迷你」的菜市場，沒有熙熙攘攘的採購人群，沒有大呼小叫的吆喝聲，整個菜市場只有前前後後不到十個攤位，走幾步就能逛一個來回，其規模還不及廣州工作室附近鐵路橋下的街攤。市場裏，全部菜樣不過十幾種，對於我們這些逛慣了大型超市的「城裡人」來說，在這裡幾乎沒有什麼選擇的餘地。真佩服燒飯的阿姨每天能用這些有限的食材，做出那麼多種不同花樣的飯菜來。

▲在克難的小廚房，烹煮好吃的早餐「韭菜雞蛋麵」！！！

我們住在四面環海的島上，而且舟山擁有中國第一、世界第三的大漁場，海鮮自然是島上最普通的食品。站在工作室的陽臺上，眺望遠處的大海，含有淡淡海鮮味的空氣肆無忌憚地鑽入鼻孔。在廣州工作室逢年過節才能吃到的魚、蝦、蟹等海鮮「大菜」，在這裏簡直就和青菜蘿蔔一樣普通。開始幾天，我們懷著新奇的心情，將飯桌上的海鮮一掃而空，還美其名曰：「節約海產，絕不浪費。」但是這樣猛吃幾天之後，我們就開始考慮應該把海鮮大菜送到嘴裡、還是直接送到垃圾桶裡了，連晚上做惡夢也都是和魚骨蝦皮蟹殼打交道。儘管如此，舟山島熱情的朋友們仍然隔三差五就送海鮮來，把宿舍裏那台可憐的單門小冰箱，塞得如同交通顛峰時段的公車。

再來看看咱們奮鬥隊克難的小廚房，簡單到「工寮級」的層次。

一個瓦斯同一個單爐架在摺疊桌上，煎煮烹炸全靠一柄烏黑油亮的炒菜鍋，雖然在菜式上「質」的變化不大，但是在「量」上可比每天的出稿量讓

▲由左至右：敖幼祥、李思陽、田野、李神州。

人眼紅。四名隊員到了舟山，飯量全都狂增。李神州每餐尖尖兩大碗，細細的手腕努力捧住飯碗，一天吃的米似乎比他在廣州一星期吃得還多。原本就是個直桶腰的田野，十幾天下來中圍曲線有了明顯擴張的跡象，東北漢子果然強悍，夾菜扒飯衝勁十足，就連看到山路旁的野果子也非得像神農氏一樣堅持要品嘗體會。沒出過遠門的李思陽在他的精神感召下，竟然學他把大蒜當成零食吃，害得這位小老廣肚子脹氣，直呼不敢。

在這裡，每天金色陽光、銀色嬌月、夢幻海景、清新空氣，奮鬥隊的大鍋飯吃得很漫畫，吃得很滿足，吃得樂在其中。

剛剛午餐時，吞下整整三大碗咖哩飯，心裡真是希望自己的創作量能和肚子一樣那麼有長進。

敖幼祥 舟山

時報漫畫叢書 FT817

活寶 5

作　　者──敖幼祥
主　　編──林怡君
編　　輯──蕭名芸
美術編輯──黃昶憲
執行企劃──李慧貞
董 事 長──孫思照
發 行 人──莫昭平
總 經 理──莫昭平
總 編 輯──林馨琴
出 版 者──時報文化出版企業股份有限公司
　　　　　台北市10803和平西路三段二四○號三F
　　　　　客服專線──(○二)二三○四──七一○三
　　　　　(如果您對本書品質有任何不滿意的地方，請打這支電話)
　　　　　郵撥──一九三四四七二四 時報文化出版公司
　　　　　信箱──台北郵政七九～九九信箱
時報悅讀網──http://www.readingtimes.com.tw
電子郵件信箱──comics@readingtimes.com.tw
法律顧問──理律法律事務所陳長文律師、李念祖律師
印　　刷──華展印刷有限公司
初版一刷──二○○六年十月二十三日
初版五刷──二○一二年三月二日
定　　價──新台幣二八○元

ISBN13 978-957-13-4535-2
ISBN10 957-13-4535-0
Printed in Taiwan